影子

SKYGGEN

安徒生 Hans Christian Andersen — 作。
約翰·雪萊 John Shelly — 繪。盧慧心 — 譯。

「我的影子、徹底發瘋了！它自認為人，
而把我——它竟把我當作它的影子！」

在熱帶地方，太陽直直灼燒著大地。

人們曬成了桃花心木似的棕褐色，在最熱的國家，人們被太陽曬得更厲害，都曬成黑人了。

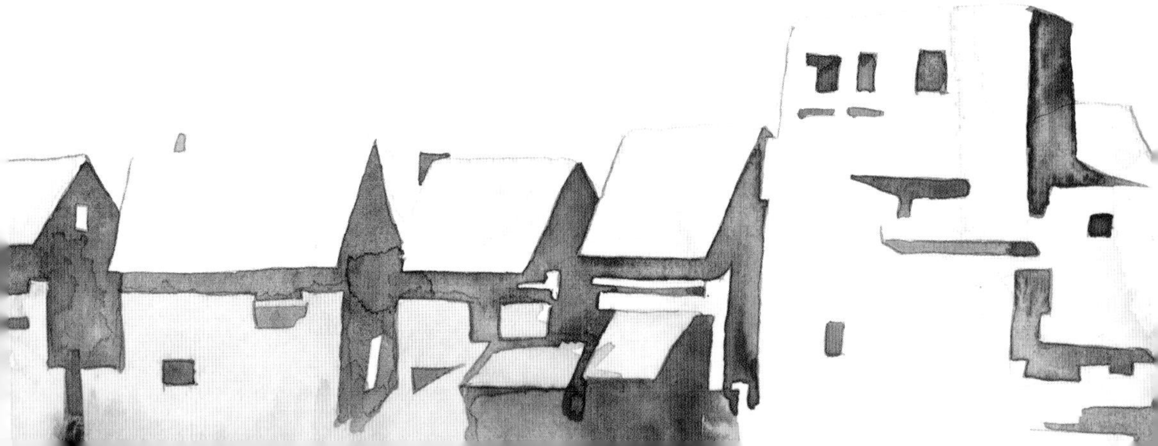

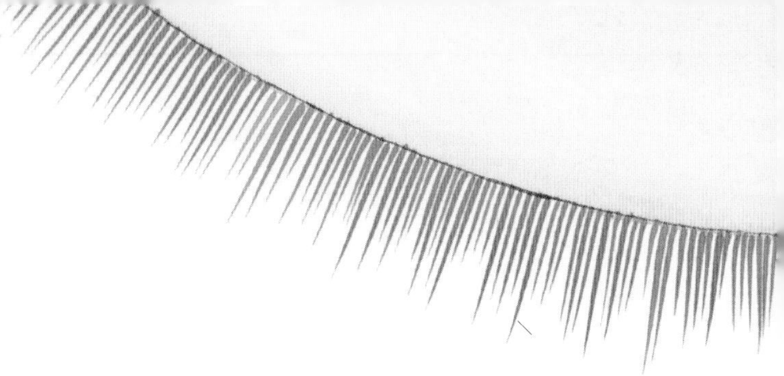

有位從寒帶隻身來到熱帶的學者，他前往的雖然不是最炎熱的地方，只是一般的熱帶國家，但他很快就明白，這裏可不像在自己的家鄉，能任意到屋外漫步。他跟其他明智的人一樣，為了躲避炎熱的天氣，整天將自己關在屋內，把門、窗、窗板都緊閉起來，乍看似是在屋裡睡覺、或根本沒人在家似的。

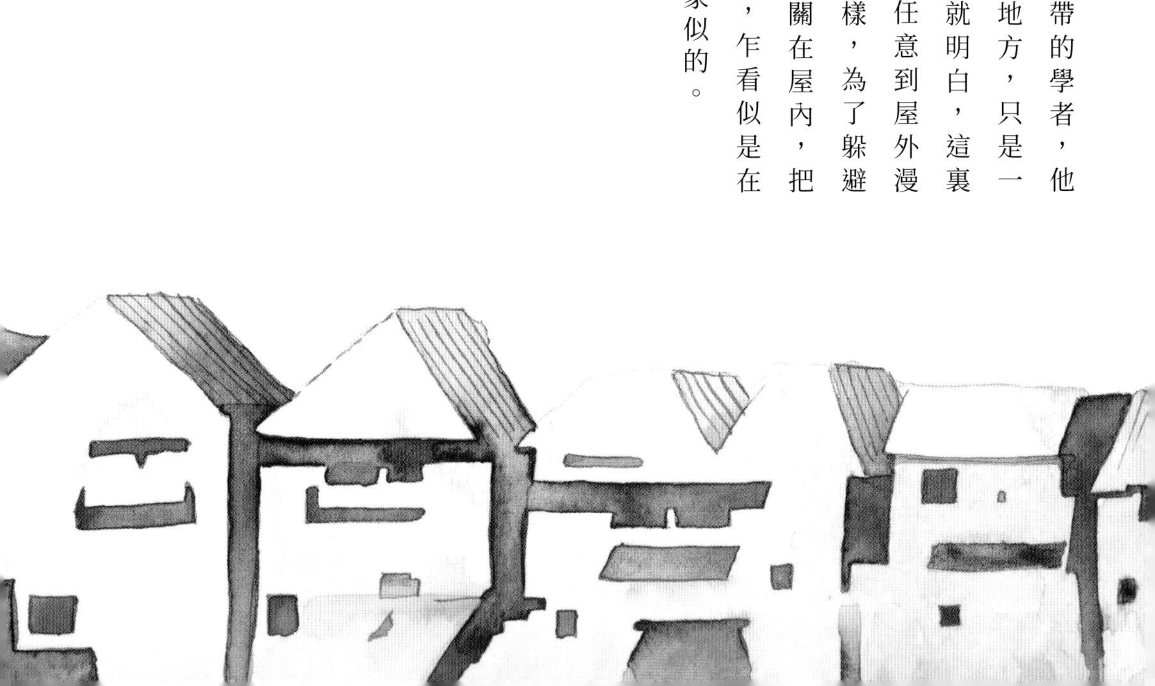

學者住在被狹窄的街道包夾的高樓裡，從日出到日落為止都能曬到太陽，屋內暑熱難耐。

——從寒冷地方來的學者，是個年輕又聰明的男子，但禁不住烤箱般的燠熱，承受著火焚似的痛苦，身體的狀況也變得不妙，他越來越瘦了。

連影子都縮小了，比起在老家的時候，影子小了很多，畢竟這裡的太陽太大了，太陽幾乎奪走了影子——到了傍晚，太陽下山後，學者與影子這才算是重新活了過來。

掌燈時分，起居室裡才點起燭火，影子就拉長了身子，一直延伸到牆壁、不、一直延伸到天花板上，彷彿借此取回了氣力。看影子回復原狀真好。學者也為了舒展身體，走到陽台去了。空氣極為清澄，星星在天上閃耀，年輕人又恢復了生機。

炎熱的國家裡，哪一扇窗前都有個陽台，日落時，面向著街道的陽台上，莫不擠滿了人，即使會被曬成桃花心木似的，也得適應下來了。為了生存、誰都需要呼吸新鮮的空氣啊。

不只是上方的陽台擠滿了人，下方的街道也擠得水泄不通。鞋匠們、裁縫們、大家都到街上做起生意來了，他們紛紛搬出桌椅、點上蠟燭。就這樣，點上了數以千計的蠟燭。人們聊天、唱歌。有人在散步、有馬車在奔馳，驢子漫步前行，叮鈴噹啷噹啷！驢馬脖子上的繫鈴響個不停。眾人唱著讚美歌來埋葬死者，調皮的孩子們在放煙火，教會的鐘聲在響。街上滿是活潑熱鬧的氣氛。

其中只有一戶人家靜悄悄地，那就是住在學者對面的那戶人家。但是誰住在那兒呢？眼看陽台的花在炎熱的日光中也欣欣向榮，如果沒有人澆灌的話，花兒不可能這麼繁茂。因此一定有住人。

夜裡，那個家通往陽台的門也開了，但是門裡黑漆漆的，至少門內的房間是暗的，不過更裡頭卻傳出了音樂聲。外國學者認為那音樂非常動聽，他這麼想也是件很自然的事，對這個年輕人來說，傷人的太陽一旦退去，這個炎熱的國家就成了無事不美的國度。

他曾向房東打聽過，究竟是誰住在對面，房東說，他也不知道，因為誰也沒見過對面屋裏的人。至於那隱約的音樂，房東抱怨著說「又無聊又單調」，還說，「就像是一首怎麼都彈不好的曲子，練了又練的。是下了決心『非要把這曲子練起來』是吧？但那曲子啊，不管彈了多少次，都不會成功的啦。」

某天夜裡，年輕人突然醒來，因為睡前沒把陽台的窗戶關好，只見窗簾飄然被夜風吹動，有道神秘美麗的光從對面人家的陽台流瀉出來，陽台上的花兒們迎著這美妙的光芒，顏色如火焰般互相輝映，有個亭亭玉立的可愛女子，就站在這些花朵後面，這個女子也彷彿光焰一樣美得奪目，年輕人的雙眼一瞬間被她的光芒奪去了視力。

當他更努力地睜大雙眼想看清楚時，他終於真正「醒」了過來，年輕人飛奔到窗前、撥開窗簾窺看對面的動靜，誰知神秘女子並不在那兒，神奇的光芒也消失了，陽台上的花依舊是以往的模樣，沒有燃燒般的美色，只是悄然盛開罷了。

然而對門仍是開著的，僅留一隙，門內何處傳來溫柔的音樂聲，年輕的學者聽著美妙的音樂，不禁沈浸在甜美的想像中。這簡直就是魔法呀。究竟誰住在對面呢？他們都從哪出入呢？這裡的住家一樓都是店面，人們不可能老是在店鋪裡出入的。

有天晚上，年輕人坐在陽台上，身後的起居室點著明亮的燭光，年輕人的影子便自然地往前投向對面人家的牆上，影子坐在對面陽台的花叢中。年輕人動一動，影子也動一動。

「對面那戶人家，唯一可見的動靜，就只有我的影子了。」學者自言自語。

「看你端端正正坐在花叢中的模樣真懂事，不過，那邊的門不是開著嗎？作為一個影子，你大可以進到門裏面，不讓人發覺，好好觀察一下裡頭的模樣。再回來向我報告，這麼一來，你也算派上用場了。」年輕的學者半開玩笑地向影子說，「就請你快快進去吧。快去呀。」

說完後，學者對自己的影子點點頭，影子也對學者點點頭。「好，快進去吧。但可別一去不回喔。」說著，學者站了起來，對面陽台上的影子也站了起來。接

著，學者背過身去，影子也背過身去。若是有人在旁仔細觀察這一幕的話，就會確實見到，學者返身踏入了自己的起居室，當長長的窗簾在他身後合攏時，影子也同時跨進了對面那扇半掩的門。

第二天早晨，學者為了喝咖啡、看報紙而出門。「啊、這是怎麼一回事？」沐浴在陽光下，學者驚訝地自問自答。「影子不見了！難道那傢伙昨晚離開後就沒回來？這下糟糕了。」

學者深感煩躁，不完全是因為丟失了影子，更多的是因為想起了那個「沒有影子」的故事。在他寒冷的故鄉裏，任誰都聽過這個故事。若是他回到老家，說起自己沒有影子的事，必定會被人嘲笑：「喂、你是在東施效顰吧？何必呢？」為了避免被人視為模仿者，他決心不把此事說出去，並自認是個明智的決定。

夜裡，他又一次試著走到陽台，燭台已經擺在後方正確的位置上，因為學者很明白，他本人就是光與影之間的屏障。即便如此，他仍沒辦法引出影子。他在燈光前先是蹲低身子、接著又站起，這樣變換著身姿，影子還是沒有出現。他嘴裡叫著影子：「喂、喂喂！」仍是白費力氣。「哎。看來真是沒辦法了。」

失望歸失望，天氣熱的地方什麼都長得特別快，一個星期過去了，學者在白天出門時，突然注意到自己腳跟附近似乎長出了新的影子。一定是影子的根還留在腳下吧。三個禮拜過去了，新的影子已經茁壯可觀，學者返回北方的路上，影子還逐漸在長大，連學者本人都認為新的影子份量十足，即使再少去一半也不礙事。

學者回到故鄉之後，為了研究世上的真、善、美，寫了很多書，就這樣，日月流逝，許多許多年都過去了。

有天晚上，學者正在用功時，門外傳來幾聲輕敲。
學者說：「請進。」卻沒有人進來。
於是學者起身開門，
只見有個瘦得要命的男子站在他面前。
那極端的瘦削幾乎有點病態，男子的服飾卻至為上等，
看起來像是個高貴的紳士。
「請問是哪位？」學者問。

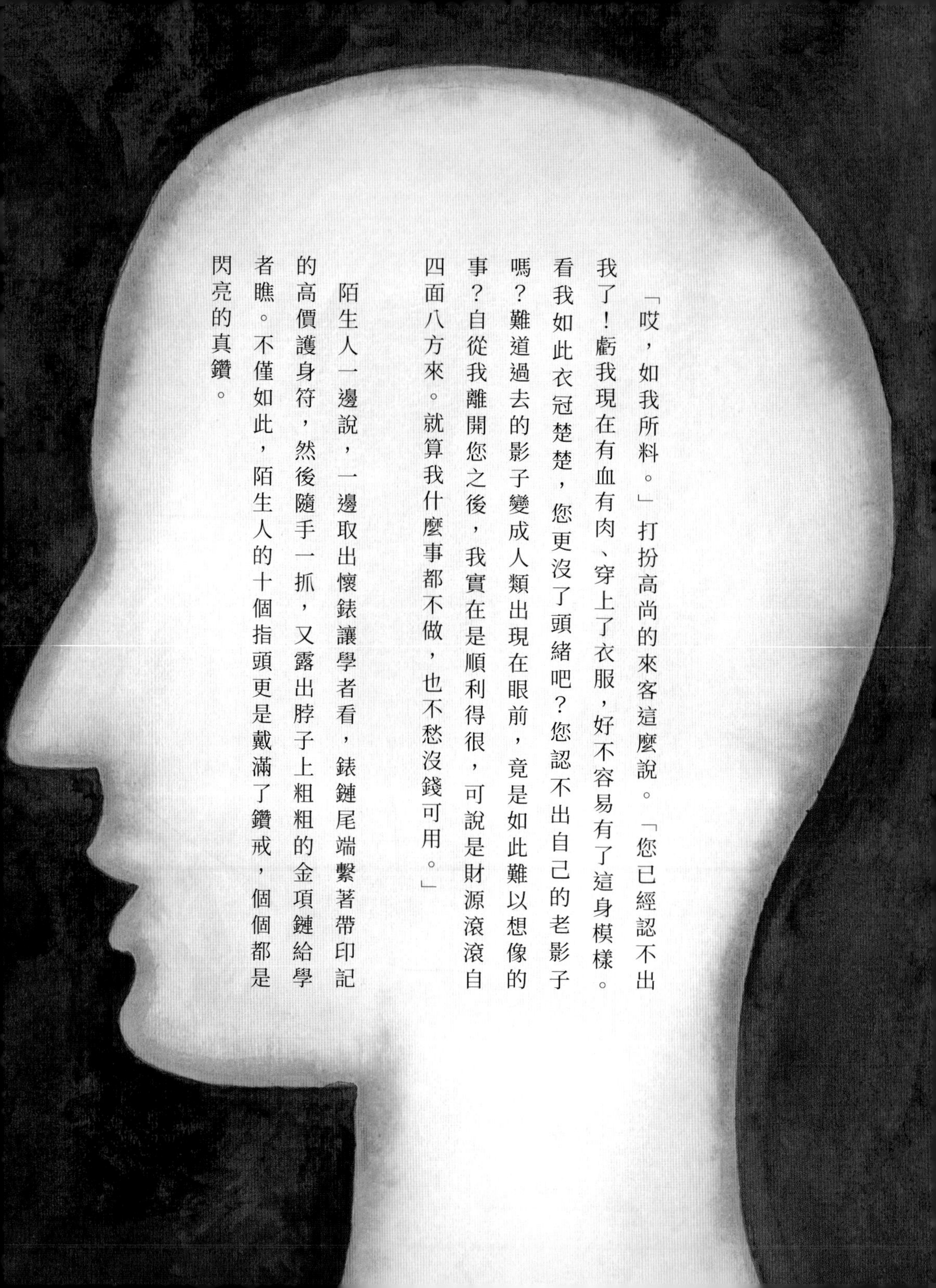

「哎，如我所料。」打扮高尚的來客這麼說。「您已經認不出我了！虧我現在有血有肉、穿上了衣服，好不容易有了這身模樣。看我如此衣冠楚楚，您更沒了頭緒吧？您認不出自己的老影子嗎？難道過去的影子變成人類出現在眼前，竟是如此難以想像的事？自從我離開您之後，我實在是順利得很，可說是財源滾滾自四面八方來。就算我什麼事都不做，也不愁沒錢可用。」

陌生人一邊說，一邊取出懷錶讓學者看，錶鏈尾端繫著帶印記的高價護身符，然後隨手一抓，又露出脖子上粗粗的金項鍊給學者瞧。不僅如此，陌生人的十個指頭更是戴滿了鑽戒，個個都是閃亮的真鑽。

「但我毫無印象啊。」學者說，「這究竟是怎麼一回事？」

「說來是有點不尋常。」自稱是影子的陌生人這麼說。

「您啊，並不是個普通的人。如您所知，我從小就沿著您的足跡行走，然而，當您宣布我能夠自立時，我便馬上離開，去走自己的路。現在，我已在世上獨當一面，順風順水，我卻一直想見您，這是我的夢想也是我的憧憬，至少在您死之前我要見見您。因為您總有一天會死啊。此外，我也很想念這個國家。每個人都深愛著自己的故鄉嘛。——我知道，您已經有了個新的影子。我是不是該付給這個影子、或是付給您一筆錢呢？沒什麼好顧慮的，需要多少都儘管說出來吧。」

「什麼？真的是你嗎？」學者喊了起來。「竟有這種不可思議的事！我過去的影子竟變成了人類的模樣，做夢也想不到！」

「到底該付您多少錢呢？請給個數目吧！」影子這麼說，「我討厭欠別人的債。」

「你在說什麼呀。」學者說，「誰說你欠了我呢？你是自由的！你交了好運，我比誰都開心！你，坐下來吧。然後多少也講點你的故事吧！你至今都過著什麼樣的生活？你在那熱帶國家的神秘的屋子裡，又見到了些什麼？」

「好啊。講就講。」影子說完，就在椅子上坐了下來。「不過您得答應我，不論在哪碰見我，您都不能把我的事告訴這裡的人、不能說出我曾是您的影子。我正打算替自己找個妻子成家呢。畢竟養個家什麼的，對我來說一點也不費吹灰之力。」

「別擔心，不會有人知道你的來歷的。哪，握個手，這是男人間的承諾。」

「是男人與影子的承諾。」影子說。好像非說不可似的。

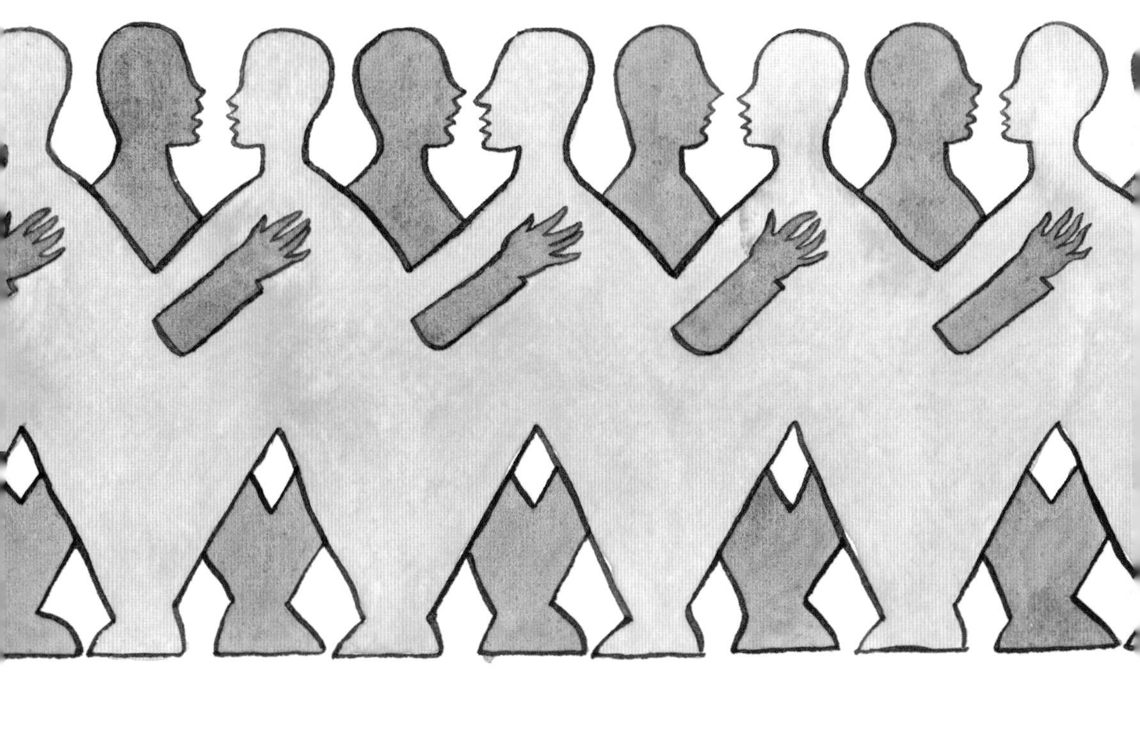

影子的打扮，可說是頗為驚人。它一身黑，穿著最高級的黑色衣褲、腳上是雙漆皮靴、戴一頂可摺疊、壓得極扁的帽子。又加上剛剛已經展示過的飾品：整串的昂貴護身符、金項鍊、鑽戒等等。影子這身行頭可說是無可挑剔，非常有派頭。好像唯有如此它才能維持住人類的外形。

「該從哪說起呢。」影子說著，穿了漆皮靴的雙腳使勁一踩，踩住了學者的新影子的衣袖，影子竟如此傲慢，但那像隻貴賓狗般橫躺在學者腳邊的新影子，卻仍是好脾氣地等著聽影子帶來的故事。它一定也很想知道如何能夠獲得自由、賺到大錢，並成為一個獨立的個體吧。

「關於對面那戶神秘的人家，您知道是誰住在裡面嗎？」影子說，「那是世上最美的神祇，詩神。我在詩神的住處獃了三個禮拜，彷彿是在那裡生活了三千年。就像把人類至今所有的詩篇都讀完似的，充實地度過了每一天。我所言不假，因為我什麼都見到了、什麼都瞭然於心。」

「詩神！」

學者驚訝地喊了一聲。

「是她、原來是她——聽說詩神常常在大城市裡隱居度日。竟是詩神本人啊！這麼說來，我曾見過她一面。

雖然只有那麼一瞬間，我又睡得迷迷糊糊，但當時那個女子站在對面的陽台上，就像極光照耀一般瑰麗無匹。

喂，多說點吧、多說點、多說點！你當時在對面的陽台，踏進了詩神的門。然後呢——」

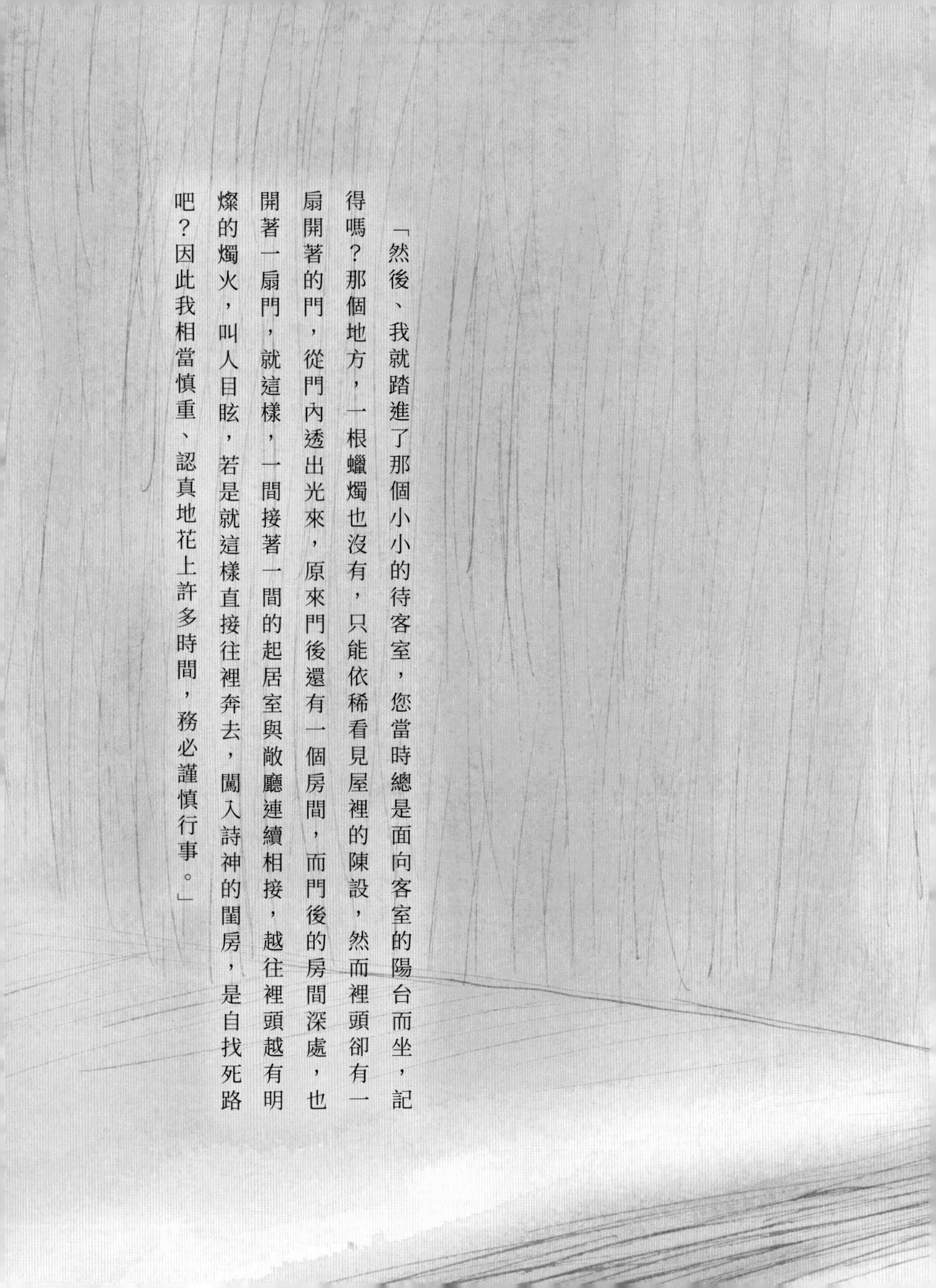

「然後、我就踏進了那個小小的待客室，您當時總是面向客室的陽台而坐，記得嗎？那個地方，一根蠟燭也沒有，只能依稀看見屋裡的陳設，然而裡頭卻有一扇開著的門，從門內透出光來，原來門後還有一個房間，而門後的房間深處，也開著一扇門，就這樣，一間接著一間的起居室與敞廳連續相接，越往裡頭越有明燦的燭火，叫人目眩，若是就這樣直接往裡奔去，闖入詩神的閨房，是自找死路吧？因此我相當慎重、認真地花上許多時間，務必謹慎行事。」

「然後呢？你看到什麼了？」

「看到一切、全部。但在我繼續講下去之前。我必須說——這關乎我的尊嚴——畢竟我是個自由的個體，有良好的教養，更不用說還有一帆風順的好工作、有相當的社會地位。您，起碼也該用個禮貌點的口氣對我說話吧？」

「啊、真是太抱歉了。」學者這麼說，「我過去的習慣一時改不過來。您所說的一點也沒錯。我會注意的。來吧，請把您見到的一切都對我說吧。」

「好，我什麼都告訴您吧！就因為我見到一切，所以我明白了一切。」

「最裡頭的房間究竟是什麼樣子呢？」學者追問，「像清幽颯爽的森林？還是像靜謐神聖的教堂？那些敞廳呢？是不是就像在高山上仰視澄淨的星空一樣清朗？」

「我根本沒有必要再走到裡頭去，我就在那個僅有微明的小客室裡站著，卻很神奇地看到了所有的事物，明瞭了一切的道理，畢竟那兒什麼都有啊。那個小待客室，換言之，就是詩神的宮殿啊。」

「但是、您究竟見到什麼呢？寬廣的敞廳裡，行走著古代的神明嗎？過去的英雄是否還在那裡戰鬥？可愛的孩子們是不是在那裡遊戲、聊著彼此的夢？」

「說夠了吧？我去過那裡。該見到的我都見到了。明白了嗎？您就算去到那裡，您也不會再一次變成人吧？但我卻在那裡變成人類囉。不僅如此，我還發現，我有種與生俱來的特質，深藏在我的內心，可說是我與詩神之間的血緣關係。以前、當我還待在您身邊的時候，對此事可說是毫無頭緒。如您所知，每當日昇日落時，我的身形就會變大。月光下，我的輪廓會比您本人更分明。當時我對自己的本質無法理解，但在詩神的小待客室裡，我明瞭了一切。我就這樣變成人了。──當我重生為人之後，回到對面的屋子找您，您已經離開了那個炎熱的國度。那時的我，有了人的身份，卻這樣子到處閑晃，真的很丟臉，所以，我想要衣服、想要靴子，各種能使人顯得人模人樣的穿戴，我全部都想要。──這事我只告訴您一個，可別寫到書裡去──我鑽進做糕餅的老太太的裙下，在那裡藏身，那老太太絕對想不到裙子下藏著什麼吧？我就這樣一直躲到晚上，才溜出來。

月光中，我在街上到處蹓躂，沿著牆壁拉長了身子，搔著背真舒服啊。我就這樣奔上又奔下，還爬到最高層樓的窗緣，往裡頭偷看。不論是敞廳也好、屋頂也好，我能去到誰都去不了的地方，我能看見誰都看不到的景象，發現了很多不為人知的秘密——全都是世上最汙穢的秘密啊。我幾乎都要恥於與人類為伍了。人類到底是什麼樣的生物啊？我一點也不能認同。妻子與丈夫間、雙親與子女間、大家都做了什麼好事啊？我看盡了這些難以置信的事。所謂鄰人的隱私，就是任誰都不該知道、但又是任誰都想一睹為快的秘聞。這些秘密要是上了新聞，肯定會沸騰一時吧？但我卻把這些寫出來、直接寄給當事人。這麼一來，凡是我所到之處、都會掀起一陣恐慌。人人都對我的存在感到害怕，卻又爭著向我獻媚。教授們推舉我做教授，裁縫替我裁製新衣。我什麼都有了。鑄幣師為我打造錢幣，女人們說我英俊，就這樣，我成了現在的我。但我也該說聲再會了，這是我的名片，我住在向陽之處，雨天時總是待在家裡。」

說完這些話，影子就走了。

「真是不可思議啊。」學者喃喃自語。

歲月流逝，多年後，影子再度造訪學者。

「近來可好？工作順利嗎？」

「多謝關心。」學者苦笑著，「為了研究真善美，我寫了好多書，但誰也不感興趣。真令人絕望，偏偏我又是個易感的人。」

「我可不一樣！我心寬體胖，人啊就得發胖才行。您就是太不懂人情世故了。這樣下去會弄壞身體的。出去旅行吧！這個夏天我要去旅行，您也一起來吧？有人同行是最愉快的。怎麼樣？要不要在旅途中當我的影子呀？能帶著您一起走的話，我會非常開心的！旅費由我來出。」

「這有點過分了吧？」學者說。

「這事全看您自己怎麼解讀啊，無論如何，旅行對您來說好處多多，只要您肯充當我的影子，旅費我全包了。」

「這太荒謬了。」

「哈，現實世界就是這麼運作的喔。總有一天，終將如此。」說完，影子就離開了。

影子離開後，學者就生病了，從此擺脫不了憂鬱的氣息。學者所談論的真善美，聽在一般人耳中，就像對牛彈琴。

於是學者病得越來越重。

「您真像個影子似的。」人們對他說。自己也這麼想的學者，聽到這種話，更覺得心上一陣冰涼。

「您呀，應該去度假療養一番。」影子再次來拜訪學者，又極力地勸他一同出遊。「除此之外沒別的辦法了。我帶您去吧，旅費就由我負擔。您在旅途中只要負責跟我聊聊風景，讓我開心就夠了。我正想去有溫泉的地方做個保養呢。我的鬍子總是長得不如我意，這也是一種病啊。男人就得要長鬍子才行。您好好考慮、接受我的提議好嗎？我們結成旅伴一起去旅行吧。」

就這樣，兩人啓程去旅行了。影子成了主人，原來的主人反而成了影子。兩人一起乘著馬車，一同騎馬，一同散步。有時並肩而行，有時一前一後。一切都隨著太陽的位置而定。影子處處都要顯出自己是主人的模樣，學者反倒不怎麼在意此事，因為他有一顆極為溫暖的心，為人也相當溫和親切。

有一天，學者對影子說，「既然我們結伴旅行，又是從小一同長大的朋友，以後我們不要再以敬語相稱，就直呼你我吧？如果能像知交般喝上一杯，不是更為親近嗎？」

「既然您開門見山，一點都不客氣的這麼說了，我也直白一點，把我的想法告訴您吧。您是個學者，您應當明白、人的本性是多麼的不可思議。世界上有人一觸碰到灰色的紙就覺得疼痛難當，因此絕對不會伸手觸碰灰紙。還有些人，一聽見釘子刮擦玻璃的聲音，就會難受得渾身打顫。我也一樣，您要是用『你』來稱呼我，我就會非常不舒服，就像又回到過去那段我為您工作的日子，再一次嘗到那種被壓扁在地面上的痛苦。我先聲明，這不是自尊的問題，這可是感受的問題。我無法接受您用『你』來稱呼我，但我倒願意用『你』來取代原本的敬稱。這麼一來，你的提議，至少實現了一半。」

從這之後，影子就開始用「你」來稱呼學者。

「真荒謬啊。那傢伙用『你』來稱呼我，我倒得用『您』來稱呼他。」學者雖然這麼想，卻只能默默接受。現在他已經無法違逆影子了。

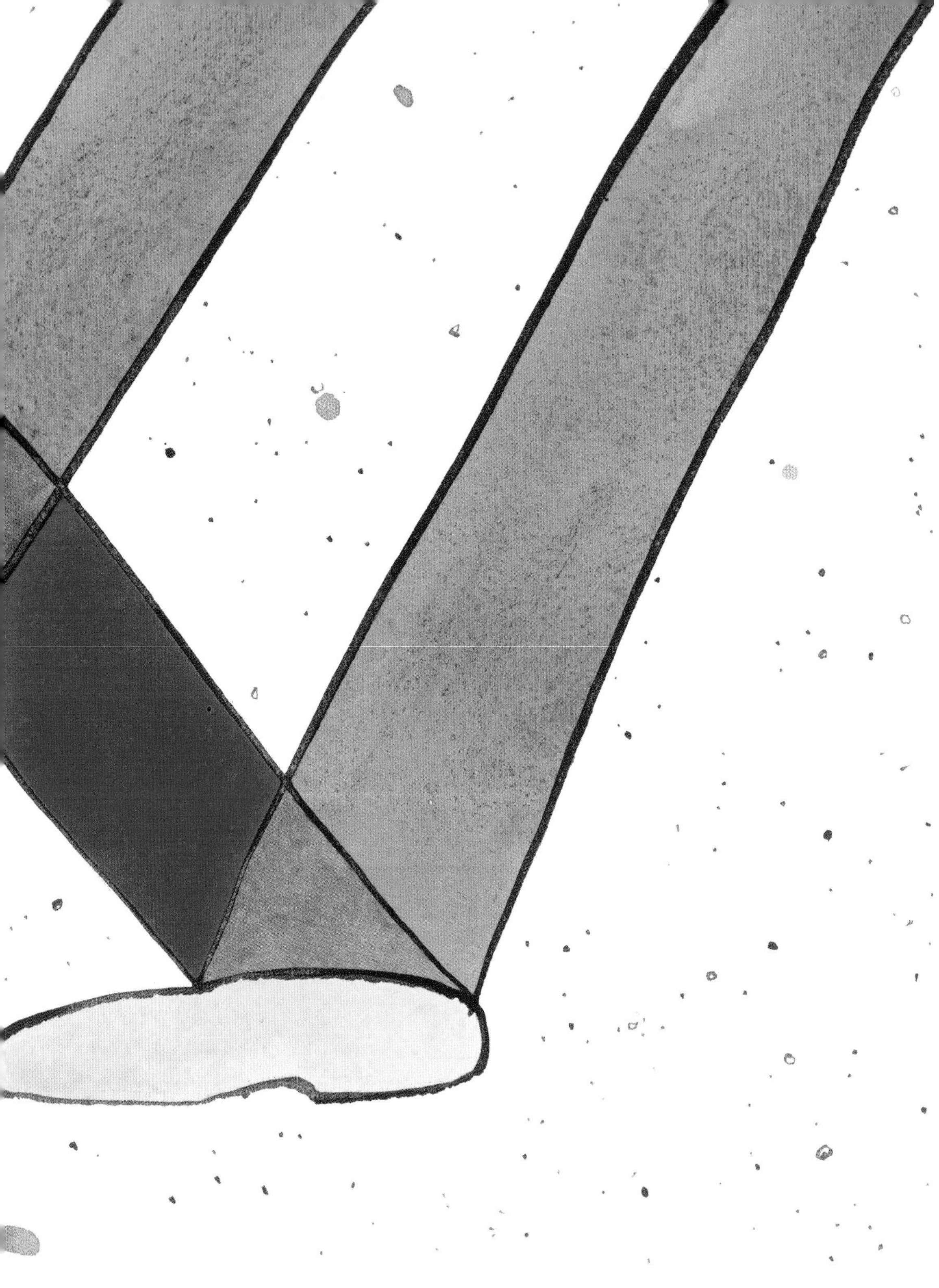

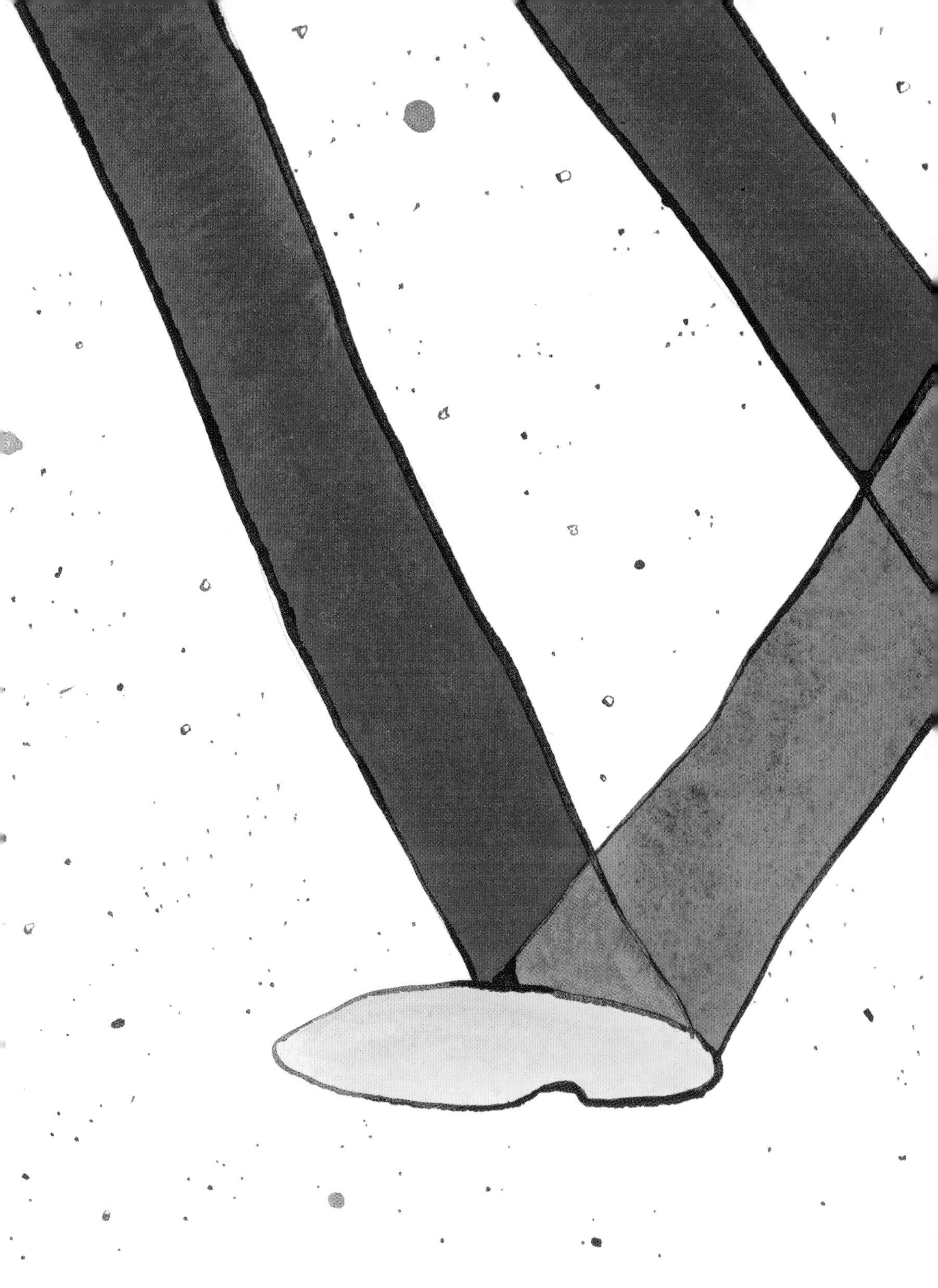

就這樣，兩人抵達了溫泉區，這裡有許多來療養身體的外國人，其中有位美麗的公主，她得了一種怪病，她能一眼就看透事物，因而讓人深感不安。

剛抵達的兩人引起了公主的注意，她立刻看出影子的與眾不同。「大家都說那個人是為了增長鬍子而來，但我能看出他真正的問題：他沒能投射出自己的影子。」

公主的好奇心越發洶湧，於是在某次散步途中，她便走向這個外國人，身為公主的她，沒必要以禮貌鋪陳談話，於是她直接了當地對影子說：「你的病，就是腳下沒有影子吧。」

「公主殿下，您似乎已經痊癒了？」影子說，「您的病是將事物看得太過明晰，然而公主殿下剛剛卻說了遲鈍之人才會說的話。可見您的病已經治好了。我的確是個不太尋常的人，但我確實有個影子。您看見那個總是與我同行的男子了嗎？其他人都有很普通的影子，我卻不喜歡所謂普通的東西。就像有人會讓僕從穿上連自己都不穿的高級衣料，而我，我則是故意把自己的影子打扮成一般人，甚至還讓它擁有它自己的影子。您明白嗎？這非得花上一筆可觀的費用不可，我這個人就是喜歡特立獨行。」

「這是怎麼回事？」公主思索著，
「我已經痊癒了嗎？
這裡果然是頂尖的療養地。
溫泉水的療效太神奇了！
但我還不想走，
因為這裡越來越有趣了，
這個外國人真討人喜歡，
希望他的鬍子別長出來，
否則他就會離開這裡。」

夜裡，公主與影子在大廳裡共舞，公主很輕盈，影子跳起舞來卻比她更輕盈，公主是第一次碰上這樣的舞伴。

公主告訴影子她來自哪個國家。影子不但知道那個國家，也去過，只是當時公主並不在國內。影子能從窗戶外上下窺看皇宮裡頭的情形，什麼都看在眼裡。因此公主不管問它什麼問題，它都答得出來。此外，影子又善於使用隱喻，使公主感到吃驚。

「他一定是全世界最聰明的人！」公主對影子的見識敬佩不已。當兩人再度共舞時，公主已經落入情網，影子也很敏銳地發現公主對自己有好感。公主對影子如此傾心，已經無法看透它的真面目，她甚至想要在下一次共舞時，便對影子坦白自己的情意，但突然間，她想起自己的國家、領土與自己即將統治的廣大人民，她冷靜了下來。

「他是個聰明的人，」公主對自己說，「這是個優點。他很會跳舞，這也是個優點。但他有基本的學識嗎？這才是重點。有了，我來考一考他。」

因此，公主為了考察影子，便試著提出一道連公主本人也不知道答案、非常困難的問題。影子一聽，便露出複雜的表情。

「答不出來嗎？」公主問。

「不，不是這樣的，這是我小時候曾經學過的問題。」影子這麼說，「就連站在門那邊的我的影子，它都答得出來。」

「你的影子能答嗎？天啊，太妙了。」

「不，我沒說它絕對答得出來。但我想它能夠。畢竟它常年跟在我身邊，聽我說過那麼多話，我想它應該可以作答。不過我想請公主殿下海涵，那傢伙，頗以人類的外形自豪，為了讓它正確的答題，請順著它的喜好，姑且把它當人類來應對才好。」

「好吧。」公主同意了。於是公主向門邊的學者走去，與他談論有關太陽與月亮、人類的外表與內心等等問題，而學者也展露他的智慧、精彩地作答。

「連他的影子都擁有如此高超的學問、他究竟是個什麼樣的人呀。」公主自問，「讓他作我的丈夫，我的國家、人民都會得到幸福。我決定了，他就是我要的人。」

公主與影子很快地定下了婚約，而且兩人都同意，在公主回到自己的國家之前，絕不向任何人透露此事。

「任何人都不該知道。包括我的影子。」影子這麼說——影子自有它的打算。

影子與學者跟隨公主回到她的國家。「喂，聽我說。」影子對學者說。

「現在，我已經獲得了超乎想像的財富與權力。因此，我決定也為你做一些好事。你從此以後就跟我一起住在宮殿裡，跟我一起搭乘皇家的馬車，每年還能獲得十萬塊錢。作為交換，你必須當我的影子，不能透露你曾經是個人。每年一度，當我迎著陽光、在皇宮的陽台上公開露面時，你必須趴在我的腳邊，稱職地當我的影子。告訴你吧，我將娶公主為妻，婚禮就在今天晚上。」

「怎麼可能！」學者說，「太荒謬了，我做不到！這是欺騙公主、欺騙全國的人民，我要揭發你，我是人，你才是影子！你不過是個穿上衣服的影子！」

「就算你講了，也不會有人相信的。」影子這麼說，「你自己想想吧，你再不從命，我就叫衛兵了。」

「我現在就去見公主。」學者說。

「我會搶在前頭的，」影子說，「這麼一來，你就得進監獄了。」

——如它所言，衛兵們對即將與公主成婚的影子，無所不從。

「你怎麼渾身發抖？」影子一踏入房中，公主便這麼問，「發生了什麼事？你不會是生病了吧？今晚就是結婚典禮了！」

「我目睹了世上最恐怖的事。」影子說，「我那可憐的影子，小小的腦袋塞進了過多的念頭——啊、我的影子、徹底發瘋了！它自認為人，而把我——它竟把我當作它的影子！」

「天啊、太可怕了。」公主說，「得將它關起來才行！」

「當然，但恐怕……恐怕它是不會恢復清醒了。」

「可憐的影子，」公主說，「真是個不幸的人啊！現在只有讓它解脫一途了。我是懷著善意才這麼說的，試著為它著想的話。總之，我必須盡快做個了斷才行。」

「那也太殘酷了。」影子說，「它曾經是個忠實的僕人。」說著，它還作勢歎了口氣。

「你的人品多麼高貴啊！」公主讚嘆。

當天夜裡，城裡燈火處處，禮砲隆隆，軍隊也鳴槍祝賀，兩人舉行了盛大婚禮，公主與影子踏上陽台接受人民的瞻仰與「萬歲！萬歲！」這樣的祝福。

然而學者他什麼都沒有聽見，
因為他已經被處決了。

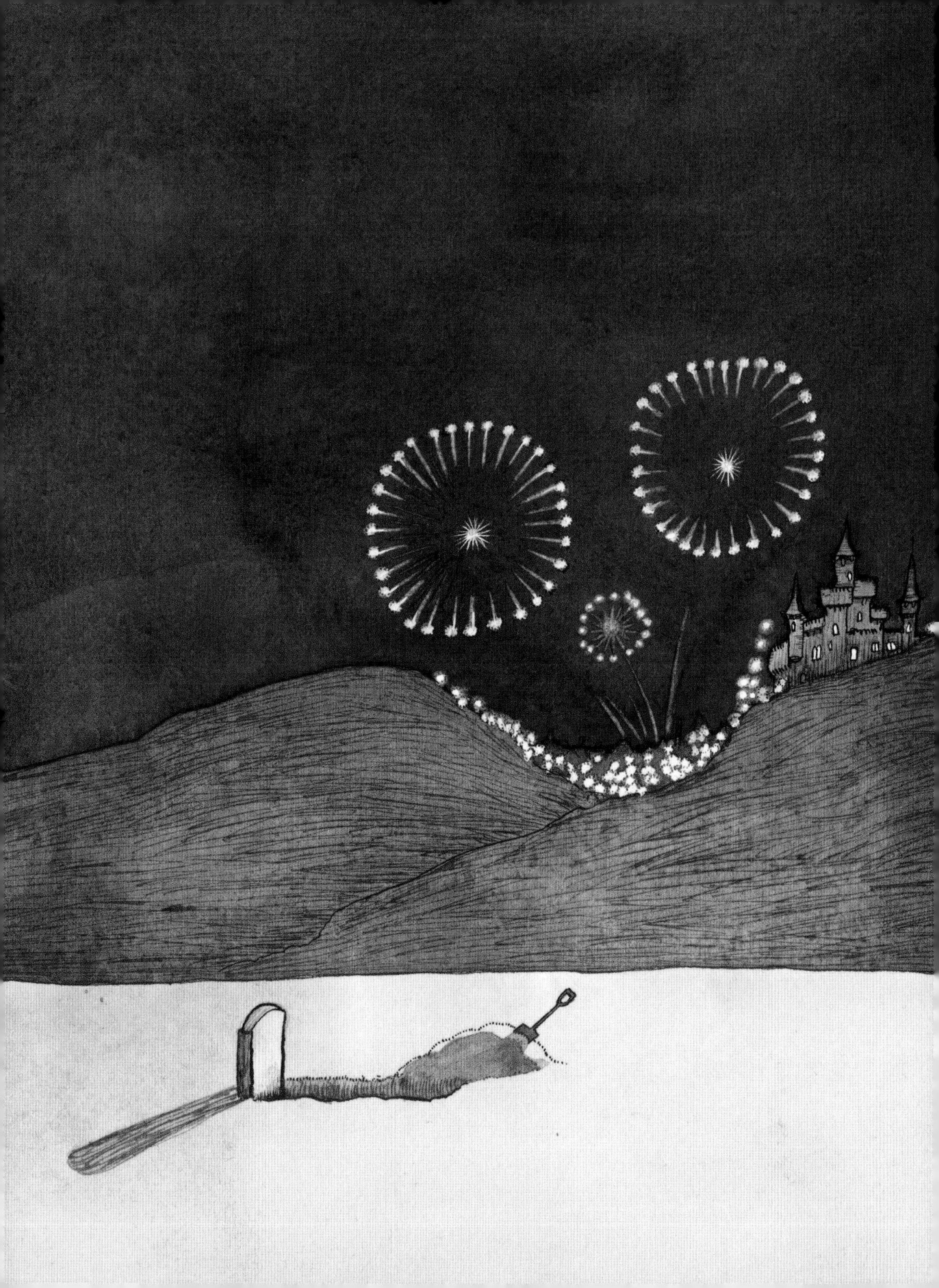

影子 / 安徒生（Hans Christian Andersen） 作；
約翰．雪萊（John Shelley） 繪；
盧慧心 譯. -- 初版. -- 臺北市：時報文化，2018.11
64 面；16.5×21 公分. -- (大人國 叢書；004)
譯自：Skyggen

ISBN 978-957-13-7560-1（精裝）
1. 繪本 2. 短篇故事
881.559　　　　　　　　107016011

大人國 叢書 004

影子

作者—安徒生 Hans Christian Andersen｜繪者—約翰．雪萊 John Shelley｜譯者—盧慧心｜主編—Chienwei Wang｜企劃編輯—Guo Pei-Ling｜校對—盧慧心｜版權—莊仲豪｜美術設計—平面室｜董事長．總經理—趙政岷｜出版者—時報文化出版企業股份有限公司 /10803 台北市和平西路三段 240 號 3 樓 / 發行專線—(02)2306-6842 / 讀者服務專線—0800-231-705．(02)2304-7103 / 讀者服務傳真—(02)2304-6858/ 郵撥—19344724 / 時報文化出版公司 / 信箱—台北郵政 79-99 信箱 / 時報悅讀網—http://www.readingtimes.com.tw｜法律顧問—理律法律事務所 陳長文律師、李念祖律師｜印刷—詠豐印刷有限公司｜初版一刷 2018 年 11 月 30 日｜定價—新台幣 330 元｜行政院新聞局局版北市業字第 80 號｜

♣ 時報文化出版公司成立於一九七五年，並於一九九九年股票上櫃公開發行，於二〇〇八年脫離中時集團非屬旺中，以「尊重智慧與創意的文化事業」為信念。

ISBN 978-957-13-7560-1
Printed in Taiwan